No Time for Monsters
No hay tiempo para monstruos

By / Por Spelile Rivas

Illustrated by / Ilustraciones de Valeria Cervantes

Spanish translation by / Traducción al español de Amira Plascencia

Piñata Books
Arte Público Press
Houston, Texas

Publication of *No Time for Monsters* is funded by grants from the City of Houston through the Houston Arts Alliance, the Clayton Fund, and the Exemplar Program, a program of Americans for the Arts in collaboration with the LarsonAllen Public Services Group, with funding from the Ford Foundation. We are grateful for their support.

Esta edición de *No hay tiempo para monstruos* ha sido subvencionada por la Ciudad de Houston por medio del Houston Arts Alliance, el Fondo Clayton y el Exemplar Program, un programa de Americans for the Arts en colaboración con LarsonAllen Public Services Group, con fondos de la Fundación Ford. Les agradecemos su apoyo.

¡Piñata Books están llenos de sorpresas!
Piñata Books are full of surprises!

Piñata Books
An Imprint of Arte Público Press
University of Houston
452 Cullen Performance Hall
Houston, Texas 77204-2004

Cover design by / Diseño de la portada por Valeria Cervantes

Rivas, Spelile.
    No Time for Monsters / by Spelile Rivas ; illustrations by Valeria Cervantes ; Spanish translation, Amira Plascencia = No hay tiempo para monstruos / por Spelile Rivas ; ilustraciones de Valeria Cervantes ; traducción al español de Amira Plascencia.
        p.   cm.
    Summary: Each time Mamá asks Roberto to help around the house, he claims to be afraid that a monster will take him away.
    ISBN 978-1-55885-445-1 (alk. paper)
    [1. Housekeeping—Fiction. 2. Behavior—Fiction. 3. Monsters—Fiction. 4. Spanish language materials—Bilingual.] I. Cervantes, Valeria, ill. II. Plascencia, Amira. III. Title. IV. Title: No hay tiempo para monstruos.
PZ73.R5242No 2010
[E]—dc22
                                                                                        2009026472
                                                                                        CIP

Printed in China in October 2009–December 2009 by Creative Printing USA Inc.
12 11 10 9 8 7 6 5 4 3 2 1

One morning, Mamá went into Roberto's room with a basket full of laundry. She plopped the basket on the floor and gave him a kiss.

Una mañana, Mamá entró al cuarto de Roberto con una cesta llena de ropa sucia. Dejó caer la cesta al piso y le dio un beso a Roberto.

"Roberto, wake up. It's time to clean your room."

"I don't want to." Roberto pulled the covers over his head and peeked out.

"Why don't you want to clean your room?" Mamá asked with her hands on her hips.

Roberto pouted. "If I clean my room, the Closet Monster might grab me and take me away forever!"

—Roberto, despierta. Es hora de limpiar tu cuarto.

—No quiero. —Roberto jaló el cobertor hasta cubrirse la cabeza y se asomó por debajo.

—¿Por qué no quieres limpiar tu cuarto? —preguntó Mamá con las manos en las caderas.

Roberto hizo un puchero. —Si limpio mi cuarto, el Monstruo del Clóset podría atraparme y llevarme . . . ¡para siempre!

"There are no monsters in the closet," Mamá said.

"Maybe you could help me," Roberto said. "The Closet Monster is afraid of you."

Mamá sighed as she picked up the basket.

"Roberto, I have no time for monsters. Clean your room!"

"Okay," Roberto said, "but if the Closet Monster gets me, you'll be sorry."

—No hay monstruos en el clóset —respondió Mamá.

—Quizás podrías ayudarme —dijo Roberto—. El Monstruo del Clóset te tiene miedo.

Mamá suspiró al levantar la cesta.

—Roberto, no tengo tiempo para monstruos. ¡Limpia tu cuarto!

—Está bien —dijo Roberto—, pero si me atrapa el Monstruo del Clóset, lo lamentarás.

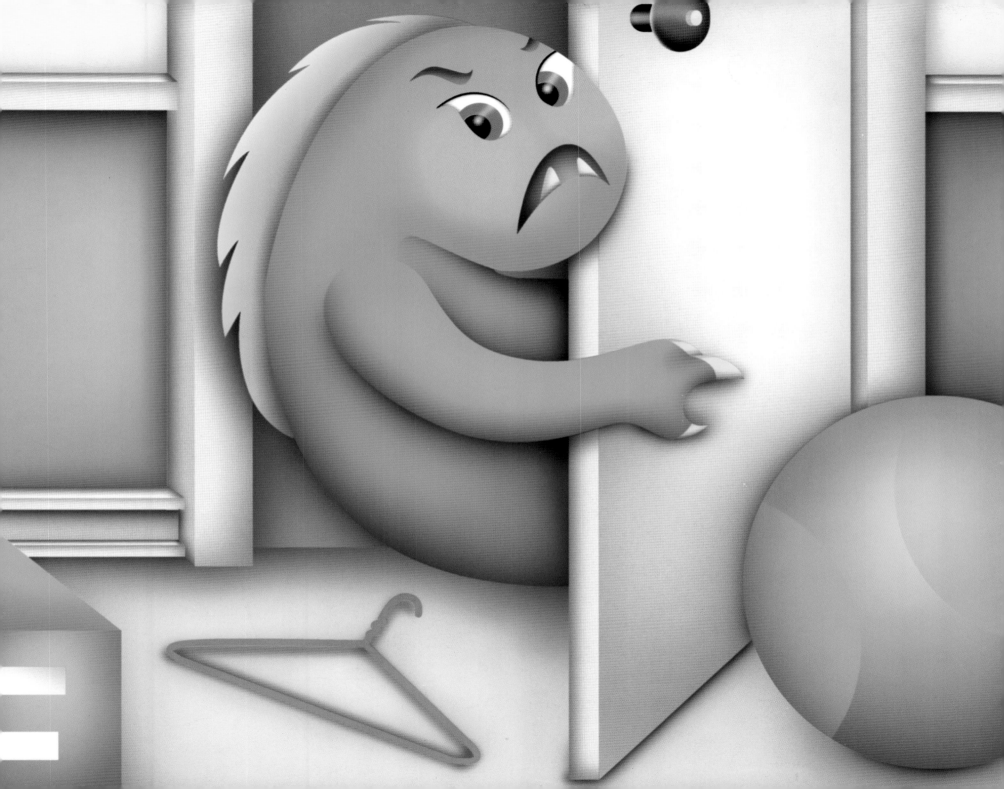

That afternoon, Mamá ground cumin in a *molcajete* and added it to the pot of boiling beans while Roberto played in the kitchen.

Al mediodía, Mamá molió comino en el molcajete y lo echó a la olla en la que hervían los frijoles mientras que Roberto jugaba en la cocina.

"Roberto, please wipe the table."

"I don't want to." Roberto picked up a crayon and began to draw.

"Why don't you want to wipe the table?" Mamá asked with her hands on her hips.

Roberto pouted. "If I wipe the table, the Under the Table Monster might grab me and take me away forever!"

—Roberto, por favor, limpia la mesa.

—No quiero. —Roberto tomó un crayón y comenzó a dibujar.

—¿Por qué no quieres limpiar la mesa? —preguntó Mamá con las manos en las caderas.

Roberto hizo un puchero. —Si limpio la mesa, el Monstruo que Vive Debajo de la Mesa podría atraparme y llevarme . . . ¡para siempre!

"There are no monsters under the table," Mamá said.

"Maybe you could help me," Roberto said. "The Under the Table Monster is afraid of you."

Mamá sighed as she spooned ranchero beans into two bowls.

"Roberto, I have no time for monsters. Wipe the table!"

"Okay," Roberto said, "but if the Under the Table Monster gets me, you'll be sorry."

—No hay monstruos debajo de la mesa —respondió Mamá.

—Quizás podrías ayudarme —dijo Roberto—, el Monstruo de Debajo de la Mesa te tiene miedo.

Mamá suspiró mientras servía frijoles rancheros en dos tazones.

—Roberto, no tengo tiempo para monstruos. ¡Limpia la mesa!

—Está bien —dijo Roberto—, pero si me atrapa el Monstruo de Debajo de la Mesa, lo lamentarás.

After dinner, Mamá washed dishes in the kitchen sink.

"Roberto, please, sweep the floor."

"I don't want to." Roberto aimed and shot one marble into another.

"Why don't you want to sweep the floor?" Mamá asked with her hands on her hips.

Roberto pouted. "If I sweep the floor, the Dust Monster might grab me and take me away forever!"

Después de cenar, Mamá lavó los platos en el fregadero.

—Roberto, por favor, barre el piso.

—No quiero. —Roberto apuntó y disparó una canica contra otra.

—¿Por qué no quieres barrer el piso? —preguntó Mamá con las manos en las caderas.

Roberto hizo un puchero. —Si barro el piso, el Monstruo del Polvo podría atraparme y llevarme . . . ¡para siempre!

"There are no monsters in the dust," Mamá said.

"Maybe you could help me," Roberto said. "The Dust Monster is afraid of you."

Mamá sighed as she washed the big pot.

"Roberto, I have no time for monsters. Sweep the floor!"

"Okay," Roberto said, "but if the Dust Monster gets me, you'll be sorry."

—No hay monstruos en el polvo —respondió Mamá.

—Quizás podrías ayudarme —dijo Roberto—, el Monstruo del Polvo te tiene miedo.

Mamá suspiró mientras lavaba la olla grande.

—Roberto, no tengo tiempo para monstruos. ¡Barre el piso!

—Está bien —dijo Roberto—, pero si me atrapa el Monstruo del Polvo, lo lamentarás.

That evening when Mamá was mopping the kitchen floor, Roberto walked over to her, leaving footprints on the tile.

Esa tarde mientras Mamá trapeaba el piso de la cocina, Roberto caminó hacia ella y dejó las huellas de sus zapatos en las baldosas.

"Mamá, please, read me a story," Roberto said.
Mamá continued her work. "I cannot read you a story."

—Mamá, por favor, léeme un cuento —dijo Roberto.
Mamá continuó con su trabajo. —No puedo leerte un cuento.

"Why not?" Roberto asked with his hands on his hips.

"If I read you a story the Work Monster might grab me and take me away forever!"

Roberto gasped.

—¿Por qué no? —preguntó Roberto con las manos en las caderas.

—Si te leo un cuento el Monstruo del Trabajo podría atraparme y llevarme . . . ¡para siempre!

Roberto se quedó con la boca abierta.

"But maybe if you help me . . . " Mamá handed Roberto the mop.
"Okay," Roberto said, "I will help you. Then will you read me a story?"
"Yes," Mamá said, "but if the Work Monster gets me, you'll be sorry."

—Pero quizás si me ayudas . . . —Mamá le pasó el trapeador a Roberto.
—Está bien —dijo Roberto—, te ayudaré, pero después ¿me leerás un cuento?
—Sí —dijo Mamá—, pero si me atrapa el Monstruo del Trabajo, lo lamentarás.

Roberto giggled. "Mamá, the Work Monster won't get you."

"How do you know?"

"I know," Roberto said with a grin, "because the Work Monster is afraid of me!"

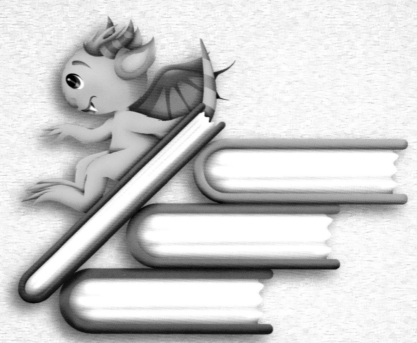

Roberto se rio. —Mamá, el Monstruo del Trabajo no te atrapará.

—¿Cómo lo sabes?

—Lo sé —dijo Roberto con una sonrisa—, porque el Monstruo del Trabajo ¡me tiene miedo!

Mamá and Roberto laughed as they cleaned the floor. When they finished, Roberto picked out a book, and they snuggled in the big comfy chair.

As they read, the Work Monster came, but Mamá and Roberto had no time for monsters.

Mamá y Roberto rieron mientras limpiaban el piso. Cuando terminaron, Roberto escogió un libro y se acurrucó con Mamá en un sillón cómodo y grande.

Mientras leían, llegó el Monstruo del Trabajo, pero Mamá y Roberto no tenían tiempo para monstruos.

Spelile Rivas was born in Houston, Texas, and graduated from Texas A&M University with a degree in English. She studied playwrighting with Pulitzer-Prize winning playwright, Charles Gordone. Spelile is an English/ESL teacher and a member of the Society of Children's Book Writers and Illustrators and the Texas Library Association. Spelile lives in Arlington, Texas, with her husband Robert, her two beautiful daughters Lillian and Delphina, Tadpole (the baby on the way) and their dogs. Her family helped write *No Time for Monsters / No hay tiempo para monstruos* because they live in constant fear of the Work Monster.

Spelile Rivas nació en Houston, Texas, y se graduó de la Universidad Texas A&M con una licenciatura en inglés. Estudió dramaturgia con Charles Gordone, dramaturgo y ganador del premio Pulitzer. Spelile es maestra de inglés/ESL y miembro de la Asociación de Escritores e Ilustradores de Libros Infantiles y de la Asociación de Bibliotecarios de Texas. Spelile vive en Arlington, Texas, con su esposo Robert, sus dos hermosas hijas Lillian y Delphina, Tadpole (el bebé que viene en camino) y sus perros. Su familia le ayudó a escribir *No Time for Monsters / No hay tiempo para monstruos* , ya que viven bajo el constante acecho del Monstruo del Trabajo.

Valeria Cervantes was born in Mexico City and has a degree in graphic communication design. As a graphic designer and illustrator, she specializes in children's books and manages Liblew, her own design bureau, since 2000. She has also worked as art coordinator for McGraw-Hill Interamericana and she has collaborated with several publishing houses in Mexico and abroad. She has received awards for her work and has participated in collective exhibits. *No Time for Monsters / No hay tiempo para monstruos* is her first Piñata Book.

Valeria Cervantes nació en la ciudad de México y tiene una licenciatura en diseño gráfico. Como diseñadora gráfica e ilustradora se ha especializado en libros infantiles y desde el año 2000 dirige Liblew, su propia agencia de diseño. También ha trabajado como coordinadora de arte para McGraw-Hill Interamericana y ha colaborado con diversas casas editoriales en México y en el extranjero. Ha recibido reconocimientos por su trabajo y participado en exposiciones colectivas. *No Time for Monsters / No hay tiempo para monstruos* es su primer Piñata Book.